8.95

Le Trésor
de la souris

Les Éditions du Boréal sont inscrites au Programme
de subvention globale du Conseil des Arts du Canada
et reçoivent l'appui de la SODEC.

Illustrations: Caroline Merola

© Les Éditions du Boréal
Dépôt légal: 1er trimestre 1997
Bibliothèque nationale du Québec

Diffusion au Canada: Dimedia
Distribution et diffusion en Europe: Les Éditions du Seuil

Données de catalogage avant publication (Canada)
    Merola, Caroline
    Le Trésor de la souris
    (Boréal Maboul)
    (Le Monde de Margot; 1)
    Pour enfants.
    ISBN 2-89052-814-6
    I. Titre. II. Collection. III. Collection: Merola, Caroline. Le
Monde de Margot; 1.
    PS8576.E7358T73   1997   jC843'.54   C96-941519-2
    PS9576.E7358T73   1997
    PZ23.M47Tr   1997

Le Trésor de la souris

Caroline Merola

1

Margot perd une dent

Aujourd'hui, Margot est devenue une grande fille. Elle a perdu sa première dent. Ses frères ne pourront plus l'appeler «la puce» ou «bébé Margot».

Sa mère lui explique que, avant de s'endormir, elle doit placer sa dent sous son oreiller. Pendant la nuit, la Souris bleue va passer la chercher et lui laissera une petite surprise en échange.

En attendant, Margot garde précieusement sa petite dent dans un mouchoir.

Elle n'est pas certaine que la Souris bleue

existe vraiment. Elle va retrouver sa mère
dans la cuisine.

– Maman, comment sais-tu que c'est la
Souris bleue et pas la Fée des dents?

– Quand j'étais petite, c'est ce que disait
ma mère. Mais je ne l'ai jamais vue de mes
yeux.

– Quelle genre de surprise est-ce qu'elle va m'apporter, la Souris bleue?

– Ça, ma poupée, personne ne le sait.

– Est-ce que ça peut être une bicyclette ou un piano?

– Ah non, je ne crois pas! Ce n'est pas le père Noël. La Souris bleue est toute petite. Elle apporte de petits cadeaux.

– Comme un collier ou des bonbons?

– Peut-être...

Margot aimerait bien savoir si la souris parle et comment elle s'appelle. Mais sa mère ne le sait pas. Alors, elle retourne jouer dehors avec ses frères. C'est l'été, ça sent bon l'herbe coupée. Ses frères se moquent d'elle parce qu'il lui manque une dent de devant.

Pierre dit:

– Eh! Margot! Siffle donc un peu, pour voir!

Jean demande:

– Eh! Margot! Peux-tu dire «six saucissons»?

Jacques ricane:

– Eh! Margot! Tu ressembles à une grenouille!

Margot leur répond:

– Vous pouvez bien rire. Moi, j'aurai une surprise et pas vous.

Margot est contente d'avoir perdu sa dent. En rentrant à la maison, elle a une idée: ce soir, elle fera semblant de dormir et elle attendra la Souris bleue. Elle verra bien si elle existe.

2

L'ombre de la souris

Le soir est enfin arrivé. Margot glisse sa dent sous son oreiller. Elle se couche, mais ne dort pas. Elle attend, attend. Dans leur chambre, ses frères sont sûrement endormis. Elle entend ses parents qui parlent en regardant la télé. Puis ils montent se coucher.

Il doit être très tard, passé minuit. Margot ne dort toujours pas. Elle commence à se dire que la souris n'existe pas. Personne ne l'a jamais vue. Ses frères lui ont même dit que c'était bébé de croire à cette souris. Elle

pense qu'ils ont raison. Il ne lui reste plus qu'à dormir.

Soudain, Margot voit passer une ombre, une ombre minuscule. Est-ce l'ombre de la souris? Le cœur de Margot bat très fort.

Oui, c'est bien elle… C'est la Souris bleue! Elle s'approche du lit. Elle est toute petite. Elle porte un manteau de velours et un drôle de chapeau. Mais où est donc son sac de surprises? Et que fait-elle?

La souris sort de sa poche un papier et un crayon et se met à écrire.

Margot ne peut rester silencieuse plus longtemps.

– Pstt! P'tite souris!

Hop! La souris s'enfuit.

– Non! P'tite souris, n'aie pas peur.

La souris revient près du lit.

– Ne m'appelle pas petite souris. Mon nom est Missouri.

– Excuse-moi, p'tite… euh… Missouri. Que fais-tu?

– Je t'écrivais un mot. Pauvre Margot, je n'ai plus de surprises.

Margot s'exclame:

– Comment, plus de surprises?

La Souris bleue explique:

– Je cache dans une grotte tous les cadeaux pour les enfants qui perdent leurs dents. Malheureusement, je ne peux plus y entrer. Je me suis fait voler la clé.

– Mais c'est affreux! Qui t'a volé la clé? Un enfant?

– Non, c'est le chat…

Margot s'étonne:

– Un chat? Quel chat?

– Le méchant Chat botté.

– Oh! Le Chat botté existe! Et il est deve-nu méchant?

– Tu ne le savais pas? Il a bien changé depuis qu'il est riche.

3

Par le feu,
par l'or
et par l'eau

La souris reste songeuse un moment. Elle dit:

– Peut-être pourrais-tu m'aider. Tu m'as l'air dégourdie. Il n'y a pas beaucoup d'enfants qui restent éveillés à m'attendre. Et jamais personne n'a osé me parler auparavant.

Margot est emballée. Bien sûr qu'elle veut aider la souris! Mais c'est la nuit; tout le monde dort et il fait noir.

La souris explique:

– Dans toutes les maisons, un tunnel part de la cave et va jusqu'à la forêt où se trouve le château du chat. Dans ta maison aussi il y a ce tunnel. Tu ne l'as jamais vu parce que sa porte est très petite. C'est un tunnel si étroit que seules les souris peuvent s'y promener.

Margot demande:

– Alors, comment pourrais-je y aller avec toi?

– Si tu veux me suivre, je vais te rendre toute petite.

Margot est bien excitée, mais elle ne le montre pas. Elle ne veut pas perdre la confiance de Missouri.

Elle enfile un chandail et descend dans la cave derrière la souris, sans faire de bruit pour ne pas réveiller toute la maison.

Tout à coup, parmi les pots de peinture et les boîtes de vieux livres, la Souris bleue prononce la formule magique:

MISSOURI, MISSOURISSO
PAR LE FEU, PAR L'OR ET PAR L'EAU
DEVIENS, JOLIE MARGOT,
AUSSI PETITE QU'UN COUPICEAU

Margot se sent étourdie. Toutes les couleurs tourbillonnent devant elle. Elle ferme les yeux.

Puis, tout redevient calme. Elle entrouvre les yeux. Les boîtes de livres lui semblent hautes comme des maisons, tout paraît immense. Elle est devenue si petite qu'elle ne pourrait même pas monter sur la première marche de l'escalier.

Mais la souris la presse.

–Vite, Margot, l'effet magique ne dure que quelques heures.

Missouri ouvre une petite porte cachée sous l'escalier que Margot voit pour la première fois. La souris l'entraîne dans un tunnel à peine éclairé.

Les dents en or

De loin en loin, une bougie fait trembler les deux petites ombres. Tout le long du trajet, Margot voit d'autres portes. Elle pense: «Ce sont sûrement les autres maisons.»

Au bout d'un moment, Margot et Missouri arrivent à l'air libre. La nuit est fraîche. Tout près de la sortie coule une rivière.

Missouri sort une barque de sous les feuilles et aide Margot à y monter. Elle dit:

– On doit traverser la rivière.

Une fois sur l'eau, Margot questionne la Souris bleue:

– Pourquoi le Chat botté a-t-il volé ta clé? Est-ce qu'il veut garder toutes les surprises pour lui?

La souris ne peut s'empêcher de sourire:

– Il s'en fiche, de mes surprises. Il veut mon or.

– Ton or?

– Margot, je vais te dire un secret: les dents des enfants, je les transforme en or. Ensuite, avec cet or, je peux acheter plein de petits cadeaux.

– Pourquoi ne transformes-tu pas les dents directement en cadeaux?

– Parce qu'il n'existe pas de formule magique pour cela.

Après plusieurs coups de rames, Margot et la Souris bleue accostent l'autre rive.

– Vois-tu le château, là-haut? C'est la de-meure du chat. Nous allons nous y rendre.

– Il… il ne nous mangera pas?

Missouri dit:

– Ne crains rien, j'ai un plan.

5

Le Chat botté

Tout en marchant dans la forêt, la souris explique que le Chat botté est devenu cupide et méchant après avoir pris possession du château et des richesses de l'ogre. Son maître, le marquis de Carabas, est bon et généreux, mais il ne voit pas ses manigances.

Margot et Missouri approchent du château. Une seule fenêtre est éclairée. La souris dit:

– Allons voir!

Elle aide Margot à escalader le mur de pierre. C'est difficile de placer ses pieds aux

bons endroits. Tant bien que mal, elles se hissent toutes les deux sur le rebord de la fenêtre.

Margot aperçoit alors le chat. C'est presque un géant. Mais c'est que Margot est si petite, maintenant…

Il est en train d'enfiler ses grosses bottes. Un grand sac de toile vide traîne sur le lit à ses côtés. Missouri dit:

— Regarde, la clé est sur la chaise! Le chat s'apprête à sortir. Il s'en va sûrement chercher mon or. C'est pour ça qu'il emporte son grand sac.

Puis elle ajoute:

— Écoute-moi bien, Margot. Je vais attirer l'attention du chat, et toi, tu vas récupérer la clé. D'accord?

– Euh… oui, d'accord.

– Suis-moi! Nous allons entrer par ici.

La souris se faufile dans un petit espace entre la fenêtre et le mur.

Margot commence à avoir très peur. Le chat est si gros! Il pourrait la manger en une seule bouchée. La souris est agile, elle se laisse glisser le long d'un tuyau. Margot tente de la suivre mais, dans son énervement, elle tombe et atterrit sur le lit. Ça n'a fait qu'un petit «pouf!», mais le chat l'a tout de même entendu. Il se retourne et voit Margot. D'un geste vif, il l'attrape et l'approche de sa gueule.

– Tiens, tiens, tiens! Tu n'es pas une souris. Ça alors! Une toute petite fille. Mmm! Ça doit être délicieux…

Margot est tellement effrayée qu'elle est incapable de crier. Elle pense à sa mère, à son père. Des larmes lui montent aux yeux. À ce moment, la Souris bleue crie de toutes ses forces:

– Laisse-la, Chat botté! Laisse-la et je te livre mon secret.

– Qu'est-ce que tu dis? Tu me donnes la formule magique?

– Oui, et tu pourras changer en or toutes les dents que tu voudras.

– Eh bien, dans ce cas…

Il regarde encore une fois Margot, terrorisée, qu'il tient entre ses griffes. Puis il la dépose sur la chaise, juste à côté de la fameuse clé.

Il dit:

– Dommage, petite fille, tu dois avoir bon goût… Alors, souris, qu'attends-tu? Dis-moi la formule magique ou c'est toi que je mange.

Missouri crie en s'enfuyant:

– Tu devras d'abord m'attraper!

Elle court, court et va se cacher dans le sac du chat.

– Petite peste! Tu t'es jetée dans la gueule du loup!

Margot pense:

– Mon Dieu! Elle est perdue.

Le chat
ne sort pas du sac

Le chat entre à son tour dans le sac, pendant que la souris, rapide comme l'éclair, ressort par un petit trou. Elle tire sur les cordons, fait un double nœud, et enferme ainsi le chat dans le sac de toile.

Le Chat botté se débat, se tourne de tous les côtés, mais reste prisonnier du sac.

– Petite souris! Ma belle petite souris… Sors-moi d'ici et tu auras tout ce que tu voudras!

– Bien pris qui croyait prendre, méchant

chat! Promets-moi de ne plus jamais chercher à voler ma clé, ni à faire de mal à qui que
ce soit. Autrement, Margot et moi, nous te
jetons à la rivière.

– Je te le promets! Je te le promets! gémit
le chat.

– C'est bon. Viens, Margot, partons!

Margot prend la clé à côté d'elle et descend de la chaise. Puis elles quittent toutes les deux le château, trop heureuses de laisser cet endroit dangereux.

– Mais, demande Margot, tu ne l'as pas libéré?

– Jamais de la vie. Son maître va l'entendre et s'occupera de le sortir du sac. C'est une bonne leçon pour lui. Il était vraiment insupportable, ces derniers temps. Maintenant, suis-moi, Margot, j'ai quelque chose pour toi.

7

L'or
de la souris

Missouri entraîne Margot dans un étroit sentier. Il fait sombre, mais on distingue au bout du chemin une serrure dorée à demi enfouie dans la terre.

– Tu vois, c'est la clé des champs, la seule qui ouvre la porte de ma grotte.

À ces mots, la souris tourne la clé dans la serrure et pousse la porte. Margot est éblouie. Il y a des montagnes et des montagnes de pièces d'or! Ça brille tellement qu'elle peut à peine garder les yeux ouverts.

La souris lui tend un filet rempli de pièces d'or.

— Tiens, Margot, c'est pour toi.

— Oh non! C'est trop!

— Allez, allez! Tiens-les serrées entre tes mains et ferme les yeux. Je vais te renvoyer dans ton lit.

MISSOURI MISSOURISSO
À L'ENVERS COMME À L'ENDROIT
PAR LE BAS COMME PAR LE HAUT
RETOURNE DORMIR CHEZ TOI

Margot devient tout engourdie, sans force. Elle ne sent plus le sol sous ses pieds. Une bonne chaleur l'envahit.

Lorsqu'elle parvient à rouvrir les yeux, elle est dans son lit, enfouie sous les couvertures. Tout le monde est levé dans la maison.

– Oh non! Ce n'est pas possible! Je n'ai pas pu rêver de tout ça.

Elle passe alors la main sous son oreiller.
La dent n'est plus là. À sa place se trouve un
filet rempli de belles pièces dorées.

– Maman! Papa!

Margot descend l'escalier en courant.

– Regardez ce que la souris m'a donné. C'est de l'or!

Ses frères ont les yeux ronds:

– Wow! Margot, tu vas partager avec nous, hein?

Margot, moqueuse, répond en souriant:

– On verra. Si vous êtes sages, je vous donnerai peut-être une pièce.

Papa dit:

– Hmm, montre-moi ça, Margot. Mais oui, tu es riche! De belles pièces d'or en chocolat. Il y en a au moins douze. Chanceuse!

– En chocolat? répète Margot.

Elle est un peu déçue. Elle en goûte un morceau. C'est quand même délicieux.

Elle sourit en pensant au Chat botté. S'il savait que tout l'or de la Souris bleue n'est en fait que du chocolat, quelle tête il ferait!

C'est quoi, Maboul ?

Quand tu commences à lire, c'est parfois difficile.

Avec **Boréal Maboul,** ça devient facile.

• Tu choisis les séries qui te plaisent.

• Tu retrouves tes héros favoris.

• Les histoires sont captivantes.

• Les chapitres sont courts.

• Les mots et les phrases sont simples.

• Les illustrations t'aident à bien comprendre l'histoire.

MISE EN PAGES ET TYPOGRAPHIE :
LES ÉDITIONS DU BORÉAL

ACHEVÉ D'IMPRIMER EN JANVIER 1997
SUR LES PRESSES DE L'IMPRIMERIE AGMV,
À CAP-SAINT-IGNACE (QUÉBEC).